현대시세계 시인선 155

수요일의 브런치

최지안 시집

수요일의 브런치

최지안
시집

도서출판 북인

시인의 말

남쪽으로 왔다. 겨울 처마 밑에서 떨어지는 빛을 받아먹었다. 무너진 자리마다 나비가 날개를 접었다. 남겨놓은 꽃가루 봄빛처럼 노랗다. 가장 따뜻한 쪽에 사랑한다는 말을 적어두었다.

2023년 가을
최지안

차례

2부

3부

1부

덫

바다로 걸어간 발자국은 돌아오지 않았다 하얗게 떠오른 이름은 가장자리부터 젖어들고 발목은 모래밭에 시시한 생애를 꾹꾹 찍어놓았다 물살이 가벼운 중량을 지울 때마다 흔적은 흔적 위에 겹치고 무너졌다 존재와 부재를 한 몸에 지니고 그렇게 잊히는 것이라고

바다를 따라간 날들은 짜디짰다 불면이 패인 고랑마다 소금기가 버석거렸다 야윈 삶을 비틀어 짜면 푸르고 짠 물이 떨어졌다 흔들리는 날에 물속으로 손을 집어넣었다 파도가 남루한 생을 야금야금 집어먹으면 아니 삼켜버렸으면

제방 가장자리를 따라 피어난 수초는 하늘하늘 몸을 흔들었다 내려가는 속도를 견디지 못한 발들은 수초에 미끄러지기 쉬웠다 갯바위를 베고 누운 하얀 뼈가 달밤이 이슥하도록 달그락거렸으리라 시린 풍경을 떠올리면 구멍이 뚫린 곳으로 물살이 스며들었다 허술하고 낮은 곳부터

파도가 흔적을 지우고 나면 모래밭은 새로운 덫을 놓았다
또 다른 발자국을 기다리면서

그것을 기러기라고 부르겠습니다만

가난한 나의 말들은 금세 해졌습니다

낡은 소맷부리처럼, 당신에게 닿으면 올이 풀리는 날개들

시린 발 비비며 겨울을 읽는 동안

통장 잔고가 줄듯 심장의 말도 줄어갔습니다

당신에게 빌린 언어들은 붉은 딱지가 붙어 쓸 수 없습니다

뒤꼍에서 곱은 손으로 보낼 깃을 짰으나

늦가을 기러기처럼 떠나는 것을 시라고 한번 불러보아도 되겠습니까

끊긴 안부들이 그렁그렁 내려앉은 꿈결마다 우두커니 서 있는 우체통들

밤새워 계절을 건너간 꿈은 또 수취인불명으로 돌아오고 돌아오고야 말고

나는 서랍 속에 얼음장 같은 종이들을 밀어넣습니다

겨울 처마 밑에 쩔쩔매던 그런 문장들이 달려 있습니다

그 끝에서 가끔 똑똑 햇볕이 떨어지기도 하는

배롱꽃

비는 이틀 내내 머문다 차 유리에 배롱나무 꽃잎이 떨어졌다 비에 아랑곳하지 않고 조용하다 모로 누워 비스듬히 나를 보는 얼굴은 홀쭉하고 연하다 꽃잎을 떨군 나무는 남은 것들을 간수하느라 비에 집중하고 나는 유리에 떨어진 시선을 모은다 한 방울 한 방울 꽃은 지쳐보인다

나도 젖어 모로 눕는다

비의 소리를 듣는다 유리창에 내딛는 동그란 비의 발자국 닿으면 맥없이 미끄러져 오는 발걸음 비에 젖은 가을이 온다 나뭇잎처럼 젖은 머리칼로 당신은 방울져 떨어지던 빗물을 툭툭 털었다 그때 모서리 해진 빗방울이 튀었다

가을이 비와 섞인다
배롱꽃이 내 몸에 머물다 간다

엔딩 크레딧처럼 올렸다 지워지는 당신 이름 월세가 밀린 꽃이 비를 밟고 야근하러 간다

시작인지 끝인지 알지 못하는 날들 가을을 가불한 여름

의 끝 그 경계에 비가 줄을 긋는다 오늘은 여름이지만 내일은 가을이 되겠습니다 비옷을 입은 아나운서가 말한다 인연 하나 끊어지면 어느 마디에선가 새 가지가 나겠지

9월은 비가 오듯 왔다가 아무렇지도 않게 비처럼 물러갈 것이다 비가 그치면 당신과 나의 경계도 흘러가겠지

미개봉

딩동
누군가 한마디 던져놓고 간 모양입니다
집에 아무도 없는 것처럼
나는 쥐 죽은 듯 잠잠합니다

문 앞에 배달된 택배상자처럼
오늘 온 안부는 오늘의 문턱에서 나가지 못한 채
읽지 않은 신문처럼 그대로입니다

보지 않은 문자는 파란 점으로 싱싱합니다
그 점을 건너뛰고 다른 상자를 엽니다
백화점에서 봄을 세일한다고 합니다
다른 창도 열어젖힙니다
미래를 담보로 알 수 없는 현재가 빠져나갔다고 합니다

지나쳐버린 문자는 쥐 죽은 듯 꼼짝 못합니다
당신에게 들어가지 못하고 쩔쩔매던

이 안부를 우리는 언제까지 유통할 수 있을까요
문자를 열면 상할 대로 상한 당신의 마음이 들어 있을까요

열고 보니 꽝이었던 것도 가끔 있었지요
어떤 선택들은 열지 않는 것이 더 좋았습니다

그때까지 나는 아무것도 아는 바가 없습니다

왕년

소주병들이 얼근해졌어요
일렬로 세운 그들의 레퍼토리는 늘 왕년이지요

애인은 왕년에 다리 좀 떨었지요
어깨에 용 두 마리가 위협하지만 물거나 하지는 않더군요

친구는 왕년에 엄마 치맛바람으로 학교에 다녔어요
학교 앞에서 차를 대기해놓고 친구를 기다렸지요

아버지는 왕년에 여자 좀 울렸지요
애인들은 예뻤고 누구보다 많이 운 건 엄마였지요

나는 왕년이 없어요 저마다 근사한 왕년을 한 자락씩 걸쳤지만
이렇다 할 왕년도 없이 허겁지겁 살았어요

왕년을 갖고 싶어요 어디 싸고 반지르르한 왕년 없나요 창고정리 떨이처럼
만 원에 두 장인 왕년 없나요

왕년 하나 걸치고 어깨 좀 떨어보고 싶은데
오늘도 삼겹살집에 매여 있네요

왕년이 있던 사람들은 어찌 지내냐고요?

애인은 늘 다리에 쥐가 나서 애를 먹고요
친구는 엄마의 치매에 생을 붙잡혔지요
아버지는 푸들처럼 꼬랑지 말며 지낸답니다
그래도 한잔하면 다들 두툼한 왕년을 어깨에 두르더군요

꼬부라진 혀가 퇴장할 시간이에요
휘청휘청 사람들 사라지면
패잔병처럼 남아 있는 식탁 위 술병이며 안주들
기름때처럼 찐득거리는 왕년을 행주로 싹싹 닦아낸답니다

꽃의 지문

넘어질 때마다 무늬가 생겼어
물결이 굽이칠 때마다 결 따라 남긴
소용돌이치고 모이고 만나서 몸에 남은 무늬

그 골을 따라가면 전생을 꿈꾸듯 어딘가에 도착하곤 했어
언니가 나를 업고 가던 그 저녁 신작로
등에서 수박 향이 났지

우물에 떨어진 달을 아무리 길어올려도 두레박엔 아무것도 없듯
손가락 사이로 빠져나간 하루는 흔적도 없었지
물일을 많이 해서 닳아버린 지문처럼

꽃잎에 남은 잎맥들은 해독 못한 채로 남았어
이불 뒤집어쓰고 울던 밤이거나
해고 통지를 받은 봄이거나
구급차를 타던 날이거나
생채기 하나 없이 오는 아침은 없어서 말이지

물결무늬로 말라버린 압화

갈비뼈 어디쯤 숨겨놓은 기억처럼
책 읽던 중간에 끼워놓았지
가슴에 눌러 찍은 지문 같아서
기억 속 누군가의 무늬 같아서
꽃의 마지막 말 같아서

유성이 쏟아지면

— nightly calm *

눈이 감기지 않아요 차를 마시면 괜찮을 거예요 카모마일이 도와줄 테니

스피어민트, 민트 향이 들어간 초콜릿을 좋아하죠 입 안을 헹구어주는 느낌이 좋아요 설거지는 헹구는 것이 중요하죠 날마다 나를 헹구어도 일은 끝도 없이 나왔어요 점점 쌓여요

레몬그라스, 붕어빵엔 붕어가 없어요 레몬그라스에는 레몬이 없어요 결재서류엔 결재가 없고요 돌려받은 서류는 서랍으로 숨어요 사직서가 숨어 있는 곳에

보리수꽃을 아는지요 발자국 같은 연노랑이 자잘해서 잘 보이지 않아요 잎들이 반짝이며 재잘거리는 소리에 신경이 끊길 듯 말 듯 했지요 그 봄이 기울어질 때 애인의 발자국을 주워 양지바른 책갈피에 묻어두었죠

산사 열매는 붉어요 아침은 마개 없이 열리지만 저녁은 툭 터져 저물곤 하죠 한번 터진 울음은 잘 닫히지 않아요 문제는 늘 가운데가 터져버린다는 것이에요 가을이 깊도록 애인은 발자국을 가지러오지 않았어요

잠을 가져다줄 것들을 불러와요 오렌지 잎사귀, 오렌지 블로썸, 레몬필, 로즈버드스, 낮 동안 가죽 속에 숨겨두었던 가련한 발을 베개에 올려요 팽팽했던 긴장들이 줄을 풀어요

휴일의 늦잠, 보너스와 연휴와 여행가방에 묻어온 지중해의 물빛 같은 행운이 먼 곳에서 걸어오길 기다리면 밀린 명세서도 밀려버릴까요

말똥말똥한 불면을 우려내면 불어터진 내가 희석되어요

유성이 쏟아지면

소원을 빌 거예요

여행가방에 월요일부터 시작하는 일주일의 밤을 접어넣고 낯선 지붕 밑에서 잠속으로 휘말리는 것을

*Twinings 차 브랜드에서 나온 불면증과 긴장 완화에 좋은 차 이름

물까치

나무봉지는 과자다
흔들면 새가 쏟아졌다

상추밭에서 저녁을 쪼더니
쥐똥나무로 갔다가 단풍나무 속으로 퐁당 빠졌다
찰칵찰칵 핸드폰으로 찍자 찌르르 경보를 울린다
일제히 합세해서 울어댔다 새들에게 나는
침입자

내 집에서 나가라

새들도 나무에 방세를 주었을까

출입문을 여닫을 때마다 나무가 주섬주섬 새들을 삼켰다가 도로 뱉어내었다

물까치는 꽁지깃이 연한 하늘색이다 몸보다 꽁지가 길어 작은 소리에도 파드득 놀라 옮겨다니며 운다

약한 것들은 한곳에 오래 머물지 못하는가보다

열 몇 번의 주소지를 바꾸며 살던 아비처럼
방 빼라는 말을 늘 머리 위에 얹어놓고 말이지

아비를 흔들면
시큰한 술 냄새와 기약 없는 희망이 주머니 속 구겨진 천원짜리처럼 떨어지곤 했다
밟으면 과자처럼 바삭하게 부서지지도 않았다

물까치 저녁으로 귀가 중이다
나무의 지퍼를 채우고 잎사귀에 하루를 파묻는다

좋겠다
돌아갈 집이 있어서

날개조차 없던 아비는 평생 집 한 채 장만하지 못했다

느릅나무 일기

쉽게 부서지는 울음을 제대로 간수하지 못했다
야트막해서 훔쳐보기 수월한 여자의 집
이따금 흐느끼는 소리가 담 너머 발밑으로 스며들기도 했다

수분 많은 식물처럼 툭 하면 무언가를 흘리곤 하는 여자
수척해진 발걸음이 부엌을 서성거리기도 했다
노을이 창문으로 찾아들 때면
또드락또드락 한때의 부엌을 추억하는 여자
습관처럼 도마 앞에서 칼을 들고 어쩔 줄 몰라서
유리로 만든 가족은 깨어지기 쉬웠다고
투명한 관계들은 불투명한 속을 가지고 있다며
잎사귀 주름만큼이나 촘촘한 슬픔을 닦아내기도 했다

그녀의 새들은 어디로 갔을까

발밑 소루쟁이가 아무도 몰래 발자국 옮기는 걸 눈감아 주었다
나는 창가 쪽으로 기우뚱 비켜주었다
여자도 무언가를 위해 비켜주었을 것이다

방문객 없는 뜰엔 낙엽이 수북했다
늦도록 현관 등을 켜놓는 밤이면 바람도 낮게 불었다
나는 문틈으로 새어나오는 적막을 주워서 가지에 끼워넣었다
그것들은 삭풍이 불면 알아서 흩어질 것이다

곤줄박이가 식구를 늘렸다
내년 봄에는 해가 뜨는 쪽으로 가지를 내밀어야겠다

편의점에 대한 논문 초안

누군가의 편의를 위한다고 제 맘대로 생각하는 곳이다
해진 마음이 타달타달 골목 어귀를 돌 때쯤 만나는 익숙한 가게를 우리는 통상 편의점이라 부른다

주머니 털어 허기 채우기에 만만한 수요 조건과
어둠을 둘러메고 네온사인이 도착하는 거리와 유동인구 밀집지역을 충족한다는 가정 아래
불안한 걸음이 도시 뒤춤으로 내디디면 닿는 거기 어디쯤을
24시간 잠을 자지 않는 곳이라고 정의한다

늦은 퇴근길 컵라면에 체하기도 했던
여름도 겨울도 없는 유토피아
조금 비싸지만 불만은 없다
단골 대부분은 시중가보다 비싸게 지불된 삶이었으므로라고 괄호를 단다

유리문 조용히 열고 한두 개 물품을 사서
미끄러지듯 어둠으로 사라지는 비탈진 지점을 자본의 골목 꼬리뼈 부근이라고 추론하고 즉석 음식, 라면 김밥 도시

락의 최대 수요층은 소득 수준 하위 몇 퍼센트에서 두꺼워
지는가에 대한 연구는 통계청 자료와 디비피아 * 를 참조하
지만 식당의 메뉴 가격보다 하한선에 위치한 경제 주체가
절대적이라는 본론을 이끌어간다

다만 100미터 내에서 점포 중복 허가는 표절 시비에 휘
말릴 수 있으며 1+1은 점포의 자율에 맡기되 알바의 시급은
최저임금 기준임을 명시한다

결국 희망은 로또복권처럼 설레지만 저당잡힌 젊음에는
늘 꽝인 곳이라고 뻔뻔한 결론을 내린다

— 나는 누구의 꽝이었을까

* 디비피아DBpia : 학술 논문 플랫폼

아름다운 고리들

태초부터 있었어요 우리 사이에
고리가 고리를 걸었다 풀었다 해요

꽃은 가지에 고리를 걸고 나비와 관계를 맺어요
여물어가는 열매들은 고리 거는 법을 물려받아요
문고리는 문틀에 몸을 걸고 안과 밖을 여닫아요
캄캄한 안은 밖을 보지 못하고 밖은 안에 대해서 깜깜해요
안에서 밖을 보면 영원한 밖, 밖에서 안을 봐도 그 또한 밖이에요

배는 해저에 닻을 걸고 돛은 바람의 어깨에 고리를 걸듯
능소화가 손톱, 발톱을 찍으며 담장을 오르듯
얼마나 많은 고리가 우리에게 달려 있는지요
아름답고 슬픈 고리들

안개는 아침의 허리에 고리를 걸고 간밤은 발목을 물속에 숨겨두었지요
손가락에 걸렸던 돌아오지 못할 약속들과 입술에 걸렸던 애인의 속삭임들
늘 우리 곁에 서성대요

고리로 연결된 세계
달은 지구에, 지구는 태양에, 나는 당신에게
당신의 말은 내 심장에 고리를 걸어요
잡아당기면
당신을 돌려세우지 못한 말들이 바닥으로 흩어져요

꼬리에 꼬리를 문 빗줄기들 후드득 떨어져요

겨울엔 칠월을 데려갈게요

칠월이었어요, 잎사귀에 쏟아지는 태양, 찰랑찰랑, 배를 뒤집는 이파리들, 저 초록의 비늘들이 당신의 어깨에

쏟아졌어요, 루카스 * , 당신은 어디인가요

빛줄기가 구름 사이로, 당신이 머리카락을 쓸어올리고 있어요, 손을 내밀어요, 손가락 사이로 흘러가요, 발끝으로 걷는 밤은 길고 지루했어요, 토막잠을 잤어요, 내 머리맡에 앉았다 갔나요, 머리카락이

따뜻해요, 루카스, 당신은 어디인가요

여름은 냇물을 어루만지다 물러갔어요, 당신은 풀벌레 소리를 내며 가을 숲에서 울었어요, 투명한 약지로 타버릴 뭇별들의 이름을 차례로 써내려갔어요, 화살나무, 붉나무, 단풍, 상수리, 산사

겨울엔 칠월을 데려올 거예요 당신이 준 흰 저녁과 노을이 손등을 덮던 그 무렵을, 여름꽃들을 하나씩 부를 거예요, 채송화, 팬지, 백일홍, 키스, 모두 당신이 준 꽃들이죠

어두워요, 너무 밝아 보이지 않는, 너무 가득 차 만져지지 않는 루카스, 차라리 스위치를 내려요, 칠월이었어요

*라틴어로 빛

퍼즐 맞추기

이 게임은 일생 동안 지속되죠

왜 퍼즐을 못 맞춰요? 건축가가 물어요 네모는 네모끼리 맞추면 되는데 잘 쌓은 아파트처럼 바람에 흔들려도 무너지지 않는 소문처럼 네모난 집안에선 네모반듯하게 자라고 네모난 학력에 맞춰 대물림하면 되는데요 앞뒤 딱딱 들어맞는 퍼즐들은 하룻밤 눈 감았다 뜨면 빌딩처럼 우뚝 들어서는데 그럼 세모나 동그라미 가게는 어떻게 하지요

같은 모양대로 맞추기가 뭐가 어렵지 사업가는 빙그레 웃어요 꽃은 봄에 맞춰 피고 강물은 바다에 끼워지고 우주는 태양과 지구와 달이 끼워지죠 상부구조는 하부가 받치고 대기업 밑에는 하청업체가 수두룩 잘도 매달리는데 기일 맞춰 생산하고 납품하는데 이슈는 더 큰 이슈로 덮는데 짜고 치는 고스톱처럼 뉴스는 패가 나뉘고 매일 패가 달라도 잘도 맞추는데 입술과 눈빛이 포개지면 사랑도 피어나는데 이 거대하고 정교한 퍼즐 안에서 말이지 그럼 빈틈은 어떡하죠?

되는 대로 집어넣은 생각들은 틀에 맞춰 재단되죠 난 기

울어진 다각형 반듯하지 않은 태생이라 퍼즐에 끼워지지 못해요 잘라야 할까요 덧대야 할까요 대충 쌓아놓은 반찬 그릇처럼 엉성하게 채우거나 빈칸으로 서술된 페이지는 경력이 되지 못한대요 냉장고 문을 닫으면 그릇 엎어지는 소리 와장창 퍼즐은 틈을 주지 않아요 우리는 빈 네모들을 채우기 위해 게임해요 그런데 맞추지 못한 나머지는 어디에 잘라 두어야 할까요

오늘도 우리는 퍼즐을 맞춰요

아무 일도 일어나지 않은 날들에 대하여

생강나무꽃 봄볕에 졸고 있는 물가
잠을 자듯 죽은 고양이

연분홍 리본 목에 두른
옆으로 누워 네 발 가지런히 한 방향으로 둔

한때 내 발도 한쪽으로 향했던 적이 있었다
거칠던 뒤꿈치 들키고 싶지 않은 날들

바람이 물결을 밟자 하늘이 통째로 흔들렸다
윤슬이 출렁이고 무늬는 계속 흐트러졌다
파랗게 날이 좋았다

죽은 고양이가 나를 따라왔다
밥을 먹을 때에도 책을 읽을 때도
내 옆에 누웠다
네 발 가지런히 한쪽으로 향한 생각

고양이는 화장실 세면대 옆에도 누웠다가
내 침대까지 따라와 머리맡에 누웠다

강아지처럼 며칠을 따라다니는 말이 있다
지분거리기도 했다가 물어뜯기도 하는 말

분홍 리본을 맨 고양이 사진 전단지
찾아주면 후사하겠다는 손글씨 간곡한 필체를 말아쥐었다

고양이는 제 맘대로 나갔다가 들어오는 습성이 있지
아주 오래 전에 들었던 말
사람은 제 맘대로 생각하고 해석하는 법이지
최근에 중얼댄 혼잣말

만지면 갈고리처럼 걸리는 말은
껄끄러워 여기저기 걸리기도 하지

민들레가 노랗게 웃고
길게 드리운 해의 끝자락이 싸늘했다

집을 나간 고양이를 찾습니다
나를 뛰쳐나간 나를 찾습니다

어떤 문장 하나 목에 걸린 며칠
별거 아니지만 별거 아니라고 할 수 없어서

전화를 걸었다

주인이 죽은 고양이를 찾은 것 외에는
아무런 일도 일어나지 않았다

2부

청구서

빚쟁이 같은 오후
포개진 봉투들이 손 벌리고 있어서
건드리지 않아도 나는 수시로 움찔한다
허투루 소비된 감정이 이용 내역에 줄줄이 진을 치고
포인트 같은 삶은 언제 소멸될지 몰라
카드 이체일이 카운트다운을 시작하면 두근두근 가슴이 뛰곤 했지
따박따박 들어오는 월세 같은 행운 없을까 어디
바다만 바라보고 내려온 이력은 겨울 가뭄처럼 바짝 마르고
깨금발로 콩콩 뛰던 오징어게임
지금도 나는 깍두기
밥만 먹고 살 수 없는데
밥은 먹고 사느냐는 말에 목이 맵다

너에게

파도의 목소리를 보내고 싶다
아무것도 줄 게 없어서

뒷발질로 갔다가 어쩔 수 없이 되짚어오는 소리
너에게 가는 신호음은 달팽이관 어디쯤으로 밀려갔다가 귓바퀴로 떠밀려온다

어스름 무렵 모래밭의 발치 끝 청각을 줍는 노인이 미지근한 공기 속으로 사라지는 저녁
화계마을의 포구에 가서 뭉그적거린 하루를 주무르다 잊을까 염려되는 이름들을 밑밥처럼 바다에 던져놓는다

하루쯤 에버랜드에서 실컷 놀다오지 못한 것이 발끝에 걸린다
야간 개장 시간까지 늦도록 쏘다녀도 좋았을 것을
너는 이제 커다란 리본 핀을 머리에 꽂지도 않고 분홍 곰 없이도 잠이 든다

물을 싫어하는 개를 데리고 어둡도록 포구를 서성이다 달이 떠오르는 쪽으로 걷는다

그런 날 무릎 세워 끌어 앉은 구석에 파도가 일렁인다
보낼 수 없는 것을 보내고 나면

짐승

아마도 일 년 넘게 있었던가 싶다
내가 보낸 것은 아니지만 그렇다고 안 보낸 것도 아니었는데
제 발로 돌아왔다 나갔다 하였다

구름이 산 옆구리를 천천히 지나
마을을 빠져나가고 바다로 흘러드는 동안에도
바닷가 마을에 저녁이 일찍 도착하듯
침침하게 짓무르는 시간은 손끝으로 빠져나갔다

말 없는 것들이 새끼를 쳤는지 밀물이 다녀간 자리 가보면 까맣게 슬어놓은 글자들이 돌에 다닥다닥 붙어 있었다
그게 말이라는 듯

그렇지만
그게 아니었는데
그럼에도

쓸려왔다가 쓸려갔다
파도가 데려온 것들을 주워오는 저녁은 돌아오는 길이

무거웠다 라일락 향이 담 너머 기웃거리던 봄날도
창경궁 단풍을 밟던 그 가을도 다 젖어서

말이 말을 삼키고 되새김하는 어느 날 닳아버린 빗장을 풀어놓았다 그래도 달아나지 않았다 사흘이 지나고 석 달이 지나니 있다가 없는 듯 없다가 있는 듯도 했다 어쩌다 저녁 언저리에 그림자 잠깐 서성이다 돌아서기도 하였다
하루가 지나고
한 달이 지나고
일 년이 지나고 베갯머리에 그림자도 남기지 않았다 그 후 어딘가에 고삐 풀린 말이 있을까 찾아보았으나 허사였다

살면서 손에 꼽을 만큼 아팠다는 말

무던히 애를 태우던 그것이 생각나는 저물녘 일없이 바닷가로 나가 닿지 못한 끈을 거두어들였다

내가 어쩔 수 없었듯
내게서 건너가지 못했으므로
그쪽으로 가지도 않았건만

내 손을 떠난 짐승을 더는 찾지 않으리라

그럼에도 생인손 아리는 저녁이 그 후로도 좀 되었다

모차르트 피아노 협주곡 21번 2악장 같은 날

당신을 만날 때 이 멜로디를 가지고 가야지 스카프를 풀듯 목덜미 뒤쪽에서 스르륵 풀어놓을 테야 바람의 온도가 20°C는 넘어야겠지

당신의 온도는 어떤지 말해줘 겉옷을 준비해야 할지 몰라서 꽃들은 한껏 부풀어 있어야 해 라일락도 피어야 하고 모란도 피어야 해 날짜를 밟지 말아줘

당신은 이번 31일까지만 존재해 서른한 개를 써버리면 다시 처음부터 시작할 수 있지만 당신을 다시 만나려면 태양을 한 바퀴 돌아야 하거든 서둘러야 해 6월이 오기 전에

금을 넘어버린 것은 되감기할 수 없어 실타래는 다시 감을 수 있지만 당신이 당긴 지금은 다시 감기지 않지 엉킨 실타래는 풀기 힘들잖아

어쩌면 당신은 지금까지 하나도 변한 것이 없네 당신이 피워낸 모란은 시들어가고 있는데 웃음이 나려고 해 풍선이 입가에서 툭툭 터지는 것 같아 눈부신 오늘, 하늘은 이렇게 파란데 나갈 일이 없네

독일 마을엔 택시가 오지 않는다

오후를 빠져나온 해는 빠르게 저녁으로 내빼고 택시가 오나 목을 빼고 기다린다

프랑크푸르트에서는 택시가 필요 없었는데도 택시가 많았다

기차가 들어오는 역에서 오 분쯤 걸으면 이름도 생각나지 않는 작은 호텔이 나오고 작은 호텔의 작은 엘리베이터는 두 사람만 탈 수 있을 만큼 좁아서 우리의 가방이 너무 컸다

가방을 엘리베이터에 끼워넣고 대각선에서 우리는 킥킥 웃었지

우리의 도로는 다른 방향으로 교차되는 각

호텔방 연두색 무늬가 구부러진 오이 같았는데 그것을 보고 너는 오이지가 먹고 싶다고 했다 없는 것은 간절해지는 법이라고 오이지처럼 구부러지면서

남해의 독일 마을에 택시는 없고 버스는 1시간 뒤에 온다고 쓰여 있다

우리의 시간은 이렇게 비껴갔다

누군가 먼저 떠나고 남은 누군가는 뒤에 오는 무엇을 기다리느라
미래가 없는 구간에 서서 오지 않을 시간을 서성인다

독일 마을
무언가 떠나고 무언가 오는 공백 2분의 1 지점에서
프랑크푸르트의 우리가 있던 그 골목에는 택시가 많았는데 말이지 하고 혼잣말을 한들 기억은 환불되지 않는다 기다리지 않을 때 찾아왔던 기회들은 기한이 지나면 소멸되는 쿠폰처럼

하여 우리가 쓸 시간은 한 장도 남아 있지 않고

너의 삶에 나의 서사가 끼워지지 못했음에도 불구하고

기다린다

독일도 아닌 독일 마을에서 프랑크푸르트를 끼워넣은들 택시는 오지 않는다는 것을 알면서도

버들강아지

봄 강변에서 강아지를 데려왔습니다
조롱조롱 매달린 강아지들이 천진합니다

짖지도 않고 꼬리만 흔드는 순한 놈들입니다

밥 먹다 말고
손톱만 한 강아지들을 한 놈씩 쓰다듬어줍니다
손가락으로 살살 문질러주며 버들이라는 이름을 붙여줍니다

이놈도 버들이
저놈도 버들이

요 며칠 발끝에 온기가 닿는 것 같아 자꾸 놀라곤 했습니다
거실 한쪽에 있던 작은 집도 치워졌는데
부스럭거리는 소리가 들리는 듯합니다

사료를 앞에 놓습니다
먹으라고 해도 먹을 줄 모릅니다
낑낑거리지도 않고 오줌도 누지 않습니다
소파를 물어뜯지도 않고 여기저기 침을 묻히지도 않습니다

버들이들은 조용합니다

나는 버들이들을 책 속에 꽂기도 하고
옷깃에 코르사주로 꽂기도 합니다

꼬리를 콧등에 대어봅니다
풀냄새가 납니다

녀석들은 아직도 자기들이 풀인 줄 압니다

분홍 몬타나 으아리

풀숲만 보면 나는 꽃을 피우고 싶어요
으아리 으아리,
발 없는 말이 혀에 감겨요
꽃잎으로 뒤꿈치를 핥더니 나를 친친 감아요

뒷걸음질치지 못하는 유혈목이처럼
스르르 덩굴손을 뻗어 내 발목을 틀어쥐어요

정강이 돌아 옆구리 휘감고 잎사귀를 틔우는 으아리
갈비뼈를 밟고 쇄골을 올라, 독니를 목덜미에 꽂아요

물린 자리에서 꽃이 피어요
멈출 수 없는 꽃잎이 흘러요

그때, 몸에서 가지가 돋아요 일어서요 기어올라요
물렸지만 물린 줄 모르고 피었으나 핀 줄 모르는 꽃
올라가기만 하고 내려올 수 없는 꽃 나는 그런 꽃

욕망은 똬리가 크고 아름다워요

소리도 낼 수 없어요
꽃은 점점 커져서 입을 틀어막아요 나는 꽃에 묻혀
얼굴이 무너지고
팔이 희미해지고
다리의 흔적도 사라져
나는 없어요
이제
몸비늘 투명해지고 꽃만 남아요

뱀은 으아리에 꼬리를 감추고 있어요

박새

자주 울음을 엎질렀지요

다시 주워담지 못했어요

어딘가로 스며들지 못한 마음은 숲으로 가서 울었어요

거기 숨어 젖은 잎을 핥아내곤 했지요

웅크리고 있으면 이력으로 남은 흔적이 저려오고

아물고 난 자리에 매일 새로운 무늬가 피어요

눈자위 붉은 일상은 쉬 짓무르고

울음의 끝은 두통약 한 알을 삼키는 것으로 마무리되었어요

높은 가지 끝에 가느다란 발목으로 앉아 있으면

흔들흔들 세상이 흔들렸지요

새가슴은 상처받기 쉬웠지요

굵은 발목을 부러워하기도 했지만 우스운 날들이었어요

흠집은 진물이 나다가 옹이로 굳어지고

언젠가는 허공 속으로 곤두박질치겠죠

저녁으로 돌아가는 길은 일찍 문을 닫으니

숲이 그림자를 거둬들이기 전에 낮의 빗장을 닫아걸어야겠어요

날개에 오늘을 묻어요

반복되지 않는 꿈을 꿀 거예요

늙은 배

말을 건네면 바다는 말을 삼킨다
갑판에 머물던 언어는 가시가 많고
몇몇의 독백은 식어도 다시 데울 수 없다

메우기에 급급한 구멍은
소금기에 삭아버렸다
치사량의 파도가 흘수선을 넘나들며

이제 그만 놓아달라고
바다로부터 등 돌리리라
조타기 방향을 돌려도
그믐에 걸려 야반도주는 매번 물거품이다

허옇게 배 뒤집힌 것들 내칠 수 없어 뒤돌아서는 밤
등에 진 것들 내려놓을 수 없어서
묶인 것들은 어찌할 수 없어서
밤새 귓가에 파도가 친다

그러다 바다에 묶여 남은 생 다 소진할 테지

바다를 등지고 내빼고 싶다가도
가물가물 멀어지다가도 돌아와 하얗게 부서진다
발목 붙들던 어린 눈들도 다 떠났는데

거기 남쪽 바다

더듬더듬 눈먼 달을 붙들고
포구에 제 발을 묶는 늙은 배 한 척

벌초

6월 아침
예초기가 풀의 목을 벤다

날 선 굉음에 들판도 퍼렇게 질렸다
그보다 더 시퍼런 풀들

흙이 있는 곳이면 어디든 대가리부터 디밀고 볼 일이라고 떡잎부터 앞장세운 씨앗들
논둑이고 들판이고 수천 년 대물림받은 유전자
아침부터 날벼락이다

사방에 풀 비린내
다 쓸어버리겠다고 날 세운 예초기 앞에
풀 모가지 수천 개
다 잘려나간다

풀들도 비명을 지른다
누군가의 목을 자를 때에도 저리 비린내가 날까

하나둘 잘리는 풀

쓰러진 풀 위에
또 풀

흙 속에 웅크린 씨앗들에게 전달되는 비명은
하나의 획으로 또 다른 유전 형질을 발달시키겠지
예초기를 능가하거나
예초기를 피하는 형질을 학습하겠지

벌초된 들판 땅속에서 결의 중이다
내일이면 잘린 자리에서 일어설 풀의 모가지들

6월도 이제 끝이다

서쪽으로 걸었다

옆구리로 바다가 빠져나가고
스웨터 뜨다 놓친 코를 줍다가 보면 식은 해가 서쪽으로 가라앉는다

코 하나를 빼먹어 또 넘어지면 어느새 등 뒤로 밤이 쫓아오고

기댔던 마음이 무너지면 왔던 길을 풀어 다시 떠나야 한다

모호한 일은 세상에 많으니까 뜨개질처럼
안뜨기를 뒤집으면 겉뜨기고 겉뜨기를 뒤집으면 안뜨기니까

남해는 숨기에 적당하다
바다를 끼고 도는 길에 사람들은 없고 바다만 있다

나를 건네던 기억의 처음으로 되짚어가면 올이 풀려 있다
코를 마무리하면 그곳의 회로도 폐쇄되겠지

뜨개질은 골치 아픈 일을 던져두기에 적당한 일감

적당히 골몰해야 하고 머리가 아프지 않을 만큼 콧수와
단수를 계산해야 한다

그렇더라도 왜 이곳에 왔을까
지나고 보니

어디에선가 놓친 코는 허술한 생을 풀어내고 있을지 몰라
반경을 넓히면서

매일 조금씩 코를 줄이자고 다짐한다
불투명한 내일은 게이지를 낼 수 없고

서쪽으로 기우는 일은 여전히 불편하고

홍매의 뿔

온몸에 피가 도는 사슴이었다

가늘게 떨던 봄날도 꽃잎도 지나간 마당 한쪽

짐승은 조경사에게 순순히 몸을 맡기고

발꿈치께 민들레는 입을 다물고 있었다

그는 무성하게 웃자란 뿔을 잘랐다

마당에 툭툭 떨어지는 분홍 녹혈

저 짐승은 어떻게 칙칙한 땅에서 색을 끌어올렸을까

흙 속에 발 묻고 슬픔 쪽으로 잔뿌리 내려

한 방울 한 방울 길어올린 붉은 울음

그의 혈관은 사라져버린 별똥별과 들꽃의 주소와

지난 겨울 동사한 고양이의 솜털 한 줌과 나비의 날갯짓으로 이루어져 있다

한 송이 봄이 잘려나간 자리 홍매의 혈흔 위에

박새 하나 제 몸을 찍는다

슬럼프

블루베리가 박힌 베이글에 필라델피아 크림치즈를 발라 먹은 아침을 거꾸로 뒤집어 점심에 다시 썼다 그 접시에 데친 시금치와 노랗게 익을 둥 말 둥한 스크램블에그를 담아 저녁 또한 돌돌 말았다 같은 프레임에 메뉴만 다른 말들이 이슈라는 테이블보에 세팅되는 동안 우유 컵을 헹구어 커피를 내리고 녹차를 마신 잔에 오렌지 주스를 따랐다 뭐든 상관없었으니까 여러 개의 표정을 옷걸이에 걸어놓았지만 써보지 못했듯

세탁한 기분은 건조대에 널었다가 개지 않고 다음 날 입었다 뒤꿈치에서 거치적거리는 일과들을 세탁 바구니에 던져두고 애플티브이를 구독하듯 무료 유튜브를 돌리느라 광고를 더 많이 보았다 네모난 창에는 종일 바다가 출렁이고 모네의 양산을 든 여인처럼 초록을 배경으로 나이스샷을 올린 친구의 프로필이 노란 카카오톡 창가에서 하늘거리는 하늘, 빨지도 않았는데 해는 매일 아침 따끈한 신상처럼 해사한 얼굴로 동쪽 산 이마빼기로 기어나왔다가는 이제 막 검버섯 핀 엄마의 얼굴 지나 체크무늬 노인용 보행기 옆구리 서쪽으로 등 굽어 넘어갔다 지난 밤을 미처 못 건너갔던 달도 잠 못 드는 밤에는 어두운 하늘을 다시 되짚어갔다 폐

지를 실은 아버지의 리어카도 되짚어온다 날이 갈수록 야위어가면서

구석에 던져두었던 구겨진 어제를 먼지만 툭툭 털어 오늘 다시 입는다 1부터 껴입는 날짜들은 원리금 상환처럼 일정한 간격으로 나가다가 30의 언저리에서 다시 처음으로 돌아갔다 터널을 지나가는 것은 얼마나 지루한 일인지 거꾸로 날짜를 세는 것은 또 얼마나 두려운지 겨울이 언제 끝날지 손꼽아보는 날들이었다

3부

차를 마시는 저녁

내 발이 보고 싶다고
당신의 입을 떠난 말이
몇백 킬로 전파를 타고 도착한 저녁
그 말을 망에 넣고 처마에 걸어두었다
햇볕이 기웃거리고
바람도 간간이 마실 와서
오글조글 쪼그라드는 말을 툭툭 건드려보고 갔다
그럴 때마다 발이 간지러웠다
그러기를 며칠, 마침내 바삭하게 말라비틀어진
당신을
가져다 찻주전자에 넣는다
끓인 물을 붓는다
참새 혓바닥처럼 재잘재잘 풀어지며
낮고 부드럽고 조금은 서운한 표정이 물에 퍼진다
기껏 발이 보고 싶다던 당신을 우려낸다
접혔던 말이 청자 찻잔에서 한 잎 두 잎 피어나고
한 모금 한 모금 목으로 넘어가는 당신은 향기가 난다
가슴 어디쯤 비워둔 방에 초록으로 돋아난다
뜨겁거나 매워서 애를 먹었던 것들도
한 며칠 말려두었다가 차로 마시면 좋겠다

식은 밥

뜨거웠던 시간이 지났다

꾹꾹 눌러야 나눠지는 감정이란 것
기다리는 것을 밥 먹듯 한 날들
오래 지친 말이 입 안을 겉돌았다

숟가락질을 하다 발견한 흔적
미처 챙겨가지 못한 머리카락 한 올
반갑기도 서운키도 한

누군가가 놓고 간 체온을 아랫목에 묻어두는 일을 그만두었다
2인 식탁에 적막과 마주하고 숟가락을 들었다

식어가는 것과 멀어지는 것이 뭐가 같은가를 생각하는 저녁
아무도 모르게 식어간 사이가 찬밥처럼 목을 넘어간다

세상에 식은 밥처럼 뜨겁게 넘어가는 밥이 있을까

대봉

감을 딸 사람이 없습니다
자잘한 감은 익어도 따지 않습니다
기역 자로 구부러진 할머니들은 밭일은 잘해도 감을 따지는 못합니다

아무도 따가지 않는 감은 맘 놓고 혼자서 익어갑니다
하루 간격으로 껍질 안에서 일어나는 굉장한 일들
딱딱한 내부가 말랑해지며 실핏줄도 보일 만큼 투명해집니다
바깥의 눈으로 안을 들여다보면 달고 투명한 가을이 있습니다

하루치의 시를 쪼개면 그 속에 떫은 감정들이 있습니다
그것들은 저절로 익지도 달아지지도 않습니다

얼마나 손을 비벼야 말랑해질까요
먹지도 못할 떫은 감을 고민합니다
따지도 못할 익은 감을 쳐다봅니다

수요일의 브런치

꽃을 저장한 개나리주유소
담장을 붙잡고 바람에 흔들립니다
이 꽃은 리터당 1,569원입니다

평일을 접으면 수요일에 주름이 집니다
월화는 지났고 목금이 남은 오늘
카페에 있습니다

주유소를 붙잡고 흔들거리는 카페
이 커피는 350밀리리터에 3,500원입니다
뜯어먹다 반을 먹고 남긴 빵 같은 수요일
물끄러미 봅니다

햇살을 만지작거리는 오전 11시
간밤에 두고 간 누군가의 안부가
아침이기도 점심이기도 한 이 시간에 식어가고 있습니다
올 것 같기도 하고 오지 않을 것 같기도 해서
수요일은 점점 미지근해지는데

확신할 수 없어서 아니라고 말할 수 없듯이

뒤집어봐도 별 볼 일 없는 일과에서
꽃이지만 꽃이 아닌
피어 있지만 피지 않은
남아 있지만 남아 있지 않은 수요일을 야금야금 먹습니다

나는 어쩌면 수요일인지도 모르겠습니다

술을 담은 자루

출렁, 버스가 덜컹거릴 때마다
자루는 길의 반대 방향으로 쏠렸다가
제자리로 왔다 또다시 출렁였다
겨울의 찬 입김이 우르르 들어왔다가 이내 빠져나가고
구석에 부려진 그는 틀어진 넥타이였다
쓰러졌다가 다시 고쳐 앉았다
끌어안은 가방도 바닥으로 놓치고
고개 너머 고개를 넘어온 두 다리를
드디어 뻗는다
퇴직과 실직의 어디에 걸쳐 있을 겨울숲 같은
성긴 머리숱
자꾸만 의자에 쿵쿵 박는 꿈
찰랑찰랑 예순의 잔을 채우며
자루 안에 꾸역꾸역 발효되었을 영혼
결국 종착역에 닿을 것이다
저 속에 깃든 낡은 나침반이
오늘은 좀 무너지자고
입구를 벌리고 널브러진다

버스 구석에서 먼 꿈을 꾸는 자루 하나

봄

무대 위,
발레리나들이 발끝을 세운다
자 모두 웃어
얘, 거기 리사인사스
주름 좀 펴
활짝 웃으란 말야
유칼리, 허리 좀 펴봐 휘어지잖아
장미는 밥을 얼마나 먹은 거야
배 집어넣어
입꼬리 올리고 제발 웃어
up, up, up
장미의 가시 난 발 네 개와
소국의 가느다란 발 여섯 개
그리고 나낭클러스의 동그란 발 세 개
유칼리의 딱딱한 발 여럿
투명하거나 불투명한 무대일 것
침봉이 있으나 없으나 무관
오아시스도 가능
물은 필수
공연 마감까지 시들지 말고 최대한 버틸 것
발끝이 무르기 전에

은점

거기가 끝이래

남해군 이동면 버스 정거장에 앉아 늙어가는 일처럼 일없이 앉아 있으면
멀쩡하게 생긴 아낙이 와서 옆집 사람처럼 말을 붙인다
모자가 예쁘네 어디서 사쓰요
버스는 1시간마다 온다
남해읍 이동 상주 미조 은점
경유하는 정거장마다 줄줄이 딸려오는 마을들 쉼표를 찍듯
화계 원천 벽란 양아
눈 내리듯 사뿐 내려앉는 마을
재숙이 미란이 은정이 입안에서 잘 굴려지는 이름처럼
뿌연 먼지 속으로 버스가 사라질 무렵 옹기종기 마을의 지붕들이 보이는
골목 어딘가에서 고무줄 하던 아이들이 마중 나올 것 같은 그곳
은점은 종점
그 애들은 어디서 늙어가고 있을까
나도 예쁜 모자 하나 사야 쓰것네

얼굴도 모르는 낯선 여자가 천연덕스럽게 말을 걸듯
나도 별일 아니듯 이곳을 지나치겠지만
마흔, 쉰, 예순, 일흔, 여든 그리고 아흔 어디쯤
은점을 가는 버스를 기다리겠지

아낙은 부러 버스를 놓치고 다시 버스를 기다린다

빈집

적요는 그 집에 살았다

아버지 먼 집으로 떠나자 세간 들고 무상 임차한 것은 그였다

뜨거운 남쪽 바닷가 대문 옆 비파나무 여름내 졸고 울타리 호박 저 혼자 늙어가도 뒷짐진 아버지 기침 소리 뒤란에서 들릴 듯해도 아버지 다시 오지 않는 집이었다

그는 이곳저곳에 자신의 투명한 세간을 놓았다 낡은 문짝이 삐그덕 소리를 내는 곳이거나 오래된 문갑 위 먼지 쌓인 사진 액자 옆이라든가 풀만 가득한 마당 시간이 느릿느릿 분침 위로 기어가는 풍경 가운데를 안방으로 차지하며 오전이 지나 노랑나비 한 쌍 하늘을 접었다 펴면 기지개를 켰다

보일러실 허술한 문짝을 드나들던 고양이가 새끼를 쳤어도 아무도 거들떠보지 않는 것에 만족스러워했다 아이 많은 집처럼 올망졸망 무화과 익어가는 팔월 어린 것들 앞으로 불어오는 후텁지근한 해풍을 잎사귀 팔랑거리며 부채질

하던 무화과나무가 혼자 젖이 돌아도 모른 체했다

대문 옆 분꽃이 손바닥에 제 까만 씨를 올려놓고 무게를 달아보아도 오후의 해가 갸우뚱 서쪽으로 기울고 동백나무 무심하게 바다를 향해도 눈 하나 꿈쩍하지 않았다

제풀에 떨어진 달래는 새들이 와서 입맛 다시고 녹슨 대문에 집성촌을 이룬 거미 일가 한 채 두 채 허공을 나누어도 개의치 않았다 그는 그 모든 것이 느리게 변하는 것을 보며 그 집을 향유했다

어느 팔월 나는 보았다
매미 소리 갑자기 툭 끊어질 때
적요가 조용히 마당을 지켜보는 가운데
빈집도 그에 입적하는 것을

월요일의 골목

가을이 땅에 묻고 간 풀씨들의 안부가
시멘트 블록 틈으로 고개를 내밀고
겨울이 흘리고 간 장갑 한 짝이 얼다 녹다
나뒹구는 골목이 있어

그 골목
끝에서 두 번째 집 창가에서
월요일을 끄집어내면
지금껏 소유해보지 못한 것들의 목록이 줄줄 나오는 거야

하도 많은데 그 중에서도 말이지
어떤 이름만 들으면 눈물이 나와

뒤로 반은 이기고
앞의 반은 이겨보지 못하던 월요일의 생애 중
뭔가를 갖겠다고 생각한 것은
어쩌면 우스운 일일지도 몰라

뽀얗게 비비크림 바른 봄이 어느 집 정원에 햇살을 쏟아놓고
필 듯 말 듯 매화는 담장 밖을 기웃거리는데

간밤 얼룩도 못 지운 월요일이 짐승처럼
제 몸의 상처를 핥고 있는 오후

그래도 남은 요일 네 개를 더 지나야 하니까 풍선을 달아야지
노트북 꺼내 햇살을 충전해야지
월요일을 다 쓰기 전에

마늘 죽이는 법

오늘은 마늘을 죽이기로 합니다
아주 손쉬운 일입니다

베란다에 다발로 매달린 마늘 한 통을 가져옵니다
유월 밭에서 온 마늘은 느긋한 꿈을 꾸고 있습니다
모든 씨앗은 발아되지 않은 가능성입니다
그것을 잠이라고 말해둡니다

마늘의 잠을 깨우기는 쉽습니다
하나씩 벗기기만 하면 되니까요
가장 깊은 곳 촉이 쏘옥 이마를 내밀 테니 말입니다

마늘을 깨우면 싹이 뾰족하게 올라올까요
초록 귀를 쫑긋거리며
토끼처럼 입을 오물거릴까요
그 잎이 무성하여 꽃도 피울지 모릅니다

마늘이 잠 깨기 전 일을 치러야 하니
밑동을 자릅니다

자다가 봉변당한 마늘은 이미 질린 얼굴입니다
서서히 죽습니다
밀폐용기에 넣어둡니다

뿌리 없는 것은 싹을 틔우지 못합니다
잘린 가능성은 더는 꿈꾸지 못하니까요

깊고 고요한 연두

어느 창가에 고양이는 꼬리를 세우고 있다
네모의 틀 안에 면접관처럼 앉아

고양이의 눈은 연두색
연두는 깊고 고요하다
저 안에 스미는 것들은 다 잔잔해진다

발톱도 울음도 잠겨버린
물속으로 손을 넣어본다
손가락에 걸려나오는 울음 몇 올
나를 할퀸 말들

왜 올라가려고 하죠
고양이가 묻는다

짧은 꼬리를 뒤로 감추며
나는 구석에 몰린 쥐처럼 할딱인다
고양이는 수염을 쓰다듬으며 가소롭다는 듯 웃는다

연두의 심연 속으로 빠지기 전

전생을 들킨 듯 나는 서둘러 자리를 뜬다
고양이는 여전히 긴 꼬리를 세우고 있다

찰카닥, 파란 잠에서 나오지 않았다

그 여름 아침 장독대
양푼을 들고 된장을 푸러 온 할머니가 서 있다
할머니 여기 보고 웃어봐, 찰카닥
네모난 사진 속으로 들어간 당신은 다시는 나오지 않았다
체크무늬 남방을 헐렁하게 걸친 채
푸르스름한 안개가 발목을 휘감는 날

미치르는 제 꿈속에서 할머니를 불러낸다
흔들의자에 앉아 졸고 있는 할머니
죽은 이를 기억할 때마다
그 사람은 파란 잠에서 깨어난대
희끗희끗한 머리를 만지면
푸르스름하니 손목부터 이끼가 돋고
할머니는 내게 파랑새를 건넨다
새가 너무 파래요
가시덤불이 무성한 숲에서 눈먼 새를 잡았단다
우리는 아직 태어나지 않은 아이들을 보았어요
조심하렴, 행복하면 날아가버릴 테니까
희망의 포장을 벗기면 실망이에요
늙은 미래를 걸어두고 꿈의 바깥으로 나오면

까맣게 변해버린 새가 머리맡에 떠 있는 아침
미치르는 밤마다 새장을 높이 치켜들고 할머니를 부른다

하나 둘 셋 찰카닥, 할머니
거기 파랑새가 있나요

내일 입을 옷입니다

다리미가 지나가면 한 줄 두 줄 사라지는
주름들,
뜨거운 시간을 밟으면 환하게 펴질 날이 오는지요

묵은 원피스는 온몸이 주름투성이였습니다
꾸깃꾸깃한 생각은 좀체 펴지지 않지만
접혔던 시간을 공들여 다립니다

당신을 만나지 않았다면
그 원피스를 사지도 않았을 테지요

낡은 운을 벗으면 새 삶이 올지 몰라
오늘을 벗고 내일을 입으려고 잠을 청합니다

따뜻한 옷을 마음에 걸어둡니다
이별은 내일부터 입을 옷입니다

부질없는 것들의 방

그 문을 열면서 알게 되었다
뒤로 물러나는 것과
밑으로 내려앉는 것은 같은 어미를 둔 것이라고
뒤로 한 발짝 숨죽이는 것
오후가 창문 틈으로 사라지는 것은
어느새 등 뒤에 와 있다고
다시는 그만큼 온도를 올리지도 못할 것을
고무줄 삭은 치마처럼 헐렁해질 것을
왜 그리 뜨거웠는지
그것들은 북한강 어디에서 물안개로 피어나겠지
빚으로 지은 집을 쓸고 닦던 일
키우지도 못할 개를 함부로 들이던 일
손톱에 꽃을 피웠다가 지우던 일
마지막 페이지도 모르고 너를 열었던 일
조용히 문을 닫는다

소식

누가 다녀갔을까?
나무에 걸린 손 하나 흔들흔들

바람의 행적을 묻던 날들은 날려갈 듯 날아갈 듯
깃털을 붙들고 가지는 추억을 추억하는 듯

속울음 꺼내어 걸어두고 간 흔적
날아갈까 꼭 붙들고

곧 오리라고
지친 발 끌며 오리라고

흔들리는 듯 흔드는 듯
오래 전부터 그곳에서

깃털인 듯
깃발인 듯

대척점Antipodes

당신의 끝과 나의 처음은 하나의 축이다
우루과이의 말도나도 캄포 가르송의 검은 흙 속에 발을 묻으면
나는 신안군 흑산도 바닷가 모래밭에서 튀어나온 당신의 발끝을 만진다
가령, 퇴근길 지하철 사람과 섞여 저녁 식사를 떠올릴 때 당신은 몬테비데오의 삐걱거리는 침대에서 아침잠에 빠져 있었다

한때는 지구의 핵을 통과해 내게 온 당신의 두통이 너무 뜨거워 놀라기도 하였지만 내가 있는 곳에 점 하나를 찍고 당신이 있는 곳으로 선을 그으면 지구는 반으로 쪼개진다는 사실을 덮고 잠이 든다

이제 마주친 적 없는 노래가 허공에서 사라져도 아쉬워하지 않는다 내가 반을 돌면 당신이 반대쪽으로 가더라도 아파하지 않는다 배고픈 눈동자를 티브이에서 마주쳐도 눈 하나 깜짝하지 않는 수많은 눈이 있을 테고 지구의 반대쪽에서는 여전히 먹다 남은 음식이 쓰레기통으로 버려질 테니
다만,

우루과이에서 보낸 유리병을 가만히 흔들어본다
검은 흙은 무게를 따라 차르르 차르르 소리가 난다
네가 보낸 노래라고 믿으면 위로가 된다

우리가 지나온 날들은 태양의 길 맞은편으로 지나가고 잊히고 밝힌다 반대쪽의 일이 어떤 개연성으로 끼어들 수 있는지 모르겠으나 적게 먹고 적게 버리는 쪽으로 반대쪽을 생각하려 한다

내일 우체국으로 가서 흑산도의 모래를 마지막으로 보낼 것이다

포개진 적 없는 축을 사이에 두고 우리는 돌아눕지만 차르르 차르르 모래가 떨어지는 소리 쪽으로 귀를 열어둘 것이다

통나무 의자

그만 쉬어도 좋다

사시랑이 같던 뿌리를 내릴 때 배운 것은
위로 오르고, 옆으로 늘이고
물길을 더듬어 가지를 늘리고 잎사귀를 매달던 눈부신 행로
새들과 바람과 구름을 품던 날들이었다

어느 날, 톱날이 가볍게 나이를 주저앉혔다
흙에 발을 묻고 영역을 넓히던 무성했던 시간은
낙엽의 행방처럼 증발되었다
중력을 버텨온 날들도 이내 놓치고

동그란 단면으로 내려앉는다
수직의 삶을 내려놓고 가로로 편안하게 늙어간다

여기서 그만 썩어도 좋다고

인사

저녁 메뉴는 해가 지는 쪽으로 붉어지는 하늘입니다

프라이팬으로 구운 할인 등심과 운 좋게 집어온 칠레산 붉은 와인이 식탁에 놓입니다

포크와 나이프를 이용해 자른 겨울의 심장은 식감이 좋습니다

그동안 먹었던 바람은 질기고 맛이 없었습니다

추측은 두 번째 가정에서 좀 더 연해지는 법이지요

눈 오는 벌판에 저울을 놓고 헤아리다와 오죽하면을 올려놓습니다

오지 않는 사람과 올 수 없는 사람은 오늘에 도착하지 않습니다

그들이 동일인물이어서 미디움으로 익은 스테이크가 식어갑니다

남은 크리스마스이브를 냉동실에 보관해두었다 소식이 오면 꺼내야겠습니다

곧 해가 질 테니 크리스마스 인사는 내일쯤 배달되겠네요

가끔 배송 오류로 주문한 기대가 오지 않는 경우도 있는 것을 보면 어쩌면 엉뚱한 곳에서 손가락을 세고 있을 수도 있겠습니다

봄밤

어떤 이름 하나
쓸고 닦은 하루였는데요

밤이 되어도 놓지 못하고
새 소리 좇았지요

새는 새대로 울어버리라 하고
꽃은 꽃대로 피라고 하면 되겠지요

꽃잎을 여느라
꽃은 새의 입술을 빌렸겠지요

뒷짐진 봄의 이마에
새 울음 가냘프게 흐르는 밤입니다

문 하나가 닫히는 것은

천천히 무너졌으면 좋겠다
빈틈이 늘겠지만
시야가 조금씩 각을 좁히면 좀 느슨해질 거라고 양해를 구해야지
아직 써버리지 못한 인연은 이쯤에서 그만 지우자고
냉장고를 열면 부화하지 못한 서른 개의 눈
하나가 발 아래 떨어진다
껍데기가 그토록 얇았구나
기껏 한 겹
나는 몇 개의 껍데기를 거쳐 여기에 도착했던 것일까 하나의 눈으로 시를 짓고 밥을 짓고 책을 지었으니 그만 어두워져도 괜찮은 것일까
오늘은 스물아홉
내일은 스물여덟
모레는 스물일곱
매일 사라지는 달걀과 매일 어두워지는 공식은 서로 교감하는 더듬이
글자들이 흐릿해진다 냉장고 문을 닫는다
문을 닫기 전 인사를 해야지
그동안 잘 썼다고

잘못 보셨어요

그 이름으로 살던 사람이 있었지요
웃기도 잘했지만 울기도 잘했지요
하얀 꽃잎을 기억 갈피갈피 넣어두던
4월의 그 밤도 뒤란에 묻던
손수건을 봉투에 넣어 우체국으로 가던
그 이름을 좀 알지요
여러 번 접은 이름은 모서리가 닳았지요
갈변한 꽃잎 같은 사연을 남겨두고서
오래 전 이름을 벗어놓고 갔어요
남겨진 이름은 어느 밤 반딧불이 따라 개울물 따라 흘러 갔지요
나무의 연 같은 그 이름을 들고 와 묻는 사람이 있더군요
기억의 주소를 잊어서 찾아갈 수 없다 했지요
잘못 보셨어요
목련 지는 밤 약속을 기다리던 그 이름이 아닙니다

달팽이

내 껍데기는 아직 더 써도 될 듯하여
조금 더 입고 있기로 했다
가벼운 영혼은 어디에 버릴까 궁리하다가
당신 가슴에 슬쩍 던져두고 왔다
상추를 씻다가 본 빈 달팽이 껍데기
그가 아삭하게 파먹었을 푸른 상추 같은 세상
그 또한 무엇엔가 속을 파먹힌 집
엄지와 검지 사이에서 바삭하게 부서질
투명한 집의 내부를 들여다본다
영혼이 들어앉은 텅 빈 집
고요란 이런 것이다
입이 꼬리를 물고 꼬리는 다시 투명해진다

나는 달팽이처럼 투명해진다

쉰

자주 모서리에 긁히고 막다른 벽에 부딪친다
해가 산등성이를 붙잡고 사력을 다하는 동안
하루의 끄트머리는 서쪽으로 머리를 틀고

무궁화꽃이 피었습니다
뒤돌아보면 어느새 뒤에 있던 그림자처럼
분홍으로 웅그러지는 노을

등이 뜨거워지면 명치 밑으로 묻어두었던 이야기가 붉은 고개를 들었다

쉽다는 것인지
쉬라는 것인지

남은 것은
할 수 있는 데까지가 어디인지 선을 긋는 일
가장자리로 얇게 밀려나는 것과
저녁이 되어도 불을 켜지 않던 엄마처럼
어둠에 익숙해지는 것
서둘러 오는 저녁과 붉게 달아오른 오후 사이

슬그머니
쉰이 도착했다

자작나무

자작나무를 만나러 갔다 인제군 원대리 굽이진 산길을 걸으면 전설처럼 펼쳐진 군락 간격을 지키며 하늘을 우러르는 나무들 일제히 머리를 흔들자 노란 잎들이 쏟아졌다 바람의 결을 타고 공중을 휘돌다가 천천히 아래로 떨어지는 잎 잎들

자작나무는 참 멋지지 않니 사람으로 치면 미인이야 너처럼 피부가 하얗지 가을 물든 모습이 꼭 네 머리처럼 노랗지

당신의 한마디에 나는 자작나무가 되었다 연둣빛 차오르는 봄엔 새순이 돋느라 간지럽고 가을이면 나를 만지던 낮은 목소리가 메아리로 되돌아오곤 했다

물든 머리 풀어헤치고 숲에 선다 거기에 서서 하얗게 나이를 먹으리라 바람의 말과 새들이 깃을 세우는 소리 귀 기울여 들으며 한 백 년쯤 그리워하다가 서서 죽으리라

그즈음이면 당신의 지극한 그 말도 다 삭아버리겠지 그래도 자작나무로 산 것을 후회하지 않겠어 당신이 먼저 살았던 날과 내가 태어나지 않았던 날의 간격을 반으로 접더

라도 겹쳐지진 않겠지 그렇더라도
　그렇더라도 말이지 나는 당신의 말을 노랗게 쏟아내겠지

별 세는 비탈밭

도라지 하얗게 피었습니다

산비둘기 날갯짓에 새가슴이 놀라고

고라니 우는 소리에 숨을 죽이고

한밤중 내리는 별비 받아먹고서

6월 늦은 별 기어이 터뜨렸습니다

봉오리 하나에 울음 하나

봉오리 하나에 한숨 하나

도라지를 심어놓고 아버지는 떠나고

풀냄새 눅진한 비탈밭에 앉아

저것 좀 보라고 저 꽃 좀 보라고

엄마는 하얀 별들을 셉니다

연하

금괭이눈, 모데미풀, 뫼제비꽃
달짝지근한 이름들을 부르며 너울너울 마실이나 가볼까
종지나물, 솜나물꽃, 꽃마리
하나 둘 입술 오물거리면
입 안에서 녹아버린 봄나물 같은 이름

어미는 두 살 터울 오빠만 데리고 집을 나가고
아비가 일하러 간 사이 혼자 들판에 봄 마중 나갔겠지
거기에 깊은 웅덩이 하나 있어
가버린 얼굴이 비쳤을까

어린 풀꽃 하나 발끝에 걸려
가물가물 들리는 이름 연하 *
커다란 눈
채 일곱 살도 못 채웠지 아마

금괭이눈, 모데미풀, 뫼제비꽃
종지나물, 솜나물꽃, 꽃마리

*1990년대 옆집에 세 살던 부부의 아이. 혼자 놀다 웅덩이에 빠져 죽었다.

아직

능소화의 목을 치고

소나기가 지나갔다

꽃송이 아직 붉다

■ 해설

존재의 부재와 공간에 갇힌 파편화된 기억

김정수/ 시인

오래 빈집 앞을 서성이는 사람이 있다. 어렵게 대문을 열고 들어간 그는 마당을 지나 뒤란으로 간다. 돌보지 않아 잊힌 집은 존재하지만 존재하지 않는 공간이다. 담장이라는 인위의 경계 안에 있지만, 야생의 속성을 간직하고 있다. 담장 밖 사람들이 지나가면서 안을 엿보지만, 여간해선 간섭하지 않는다. 빈집은 폐가가 되어간다. 폐가는 고독과 두려움이 장막을 드리운 어둠의 공간이다. 생명의 존재들이 구석으로 스며들어 자신의 영역을 넓힌다. 폐가에는 겨울 한낮에도 밤의 그림자가 존재한다.

가스통 바슐라르는『공간의 시학』(동문선, 2003)에서 "집은 인간의 사상과 추억과 꿈을 한 데 통합하는 가장 큰 힘의 하나"라며 "집이 없다면, 인간의 존재는 산산이 흩어져버릴 것"이라 했다. 빈집은 삶과 죽음의 존재들의 비산飛散을 의미한다. 하나로 통합되었던 것이 뿔뿔이 흩어졌다가 시간이 지남에 따라 각자의 공간에서 다시 통합한다. 새로운 공간에서 따스한 추억과 치유되지 않은 감정을 안고 사람처럼, 짐승처럼 살아간다. 사람은 흩어져도 공간은 모든 걸 기억한다.

바슐라르는 집 밖의 공간이 아닌 지하실에서 지붕 밑 방까지의 내부공간에 주목한다. "집이란 세계 안의 우리들의 구석"이기 때문이다. 집은 현재만이 아니라 과거를 공유함으로써 존재가치를 드러낸다. 집의 기능이 다 하면 통합의 힘은 사라지고, 그 자리에 파편화된 기억만이 자리한다. 기억은 좋은 것보다는 안 좋은 것을 조각조각 보여준다. 뒤란에 선 시인은 회상에 잠긴다. 몸은 현재에, 의식은 과거에 머문다.

바슐라르는 묻는다. 집안의 "구석은 따듯했던가? 그리고 그 빛은 어디서 흘러들어오고 있었던가? 또 그 공간들 속에서 존재는 침묵을 어떻게 알고 있던가?" 집안을 따스하게 비추는 빛은 단순히 물리적인 것만을 지칭하지 않는다. 공간을 감싸는 안온함과 평화로움, 행복과 같은 가치를 종합적으로 상징한다.

겨울은 추억 속에 연륜을 집어넣은 계절이다. 겨울 빈집을 찾은 시인(꿈이어도 상관없는)은 "너무 가득 차 만져지지 않는/ 루카스"(이하 「겨울엔 칠월을 데려갈게요」)와 "초록의 비늘들", "풀벌레 소리", "채송화, 팬지, 백일홍" 같은 여름꽃들을 동반하고 싶다는 열망을 드러낸다. 그런 열망만으로도 차가운 구석에 온기를 불어넣고, 침묵하던 공간은 활기에 넘친다. 마음이 따스해진 시인은 "당신은 어디인가요" 안부를 묻는다. 뒤란을 둘러보던 시인은 "그 여름 아침"(이하 「찰카닥, 파란 잠에서 나오지 않았다」)의 장독대에서 "양푼을 들고 된장을 푸러 온 할머니"와 "적요."(「빈집」), "빛으로 지은 집을 쓸고 닦던"(「부질없는 것들의 밤」) 자신의 모습을 떠올린다. 빈집을 서성이는 시인의 기억을 따라가보자.

적요는 그 집에 살았다

아버지 먼 집으로 떠나자 세간 들고 무상 임차한 것은 그였다 상속된 등기권리증을 쥐고도 권리를 주장할 수 없었던 것은 이유가 있었다

뜨거운 남쪽 바닷가 대문 옆 비파나무 여름내 졸고 울타리 호박 저 혼자 늙어가도 뒷짐진 아버지 기침 소리 뒤란에서 들릴 듯해도 아버지 다시 오지 않는 집이었다

(중략)

어느 팔월 나는 보았다
매미 소리 갑자기 툭 끊어질 때
적요가 조용히 마당을 지켜보는 가운데
빈집도 그에 입적하는 것을

—「빈집」 부분

그 문을 열면서 알게 되었다
뒤로 물러나는 것과
밑으로 내려앉는 것은 같은 어미를 둔 것이라고
뒤로 한 발짝 숨죽이는 것
오후가 창문 틈으로 사라지는 것은
어느새 등 뒤에 와 있다고
다시는 그만큼 온도를 올리지도 못할 것을
고무줄 삭은 치마처럼 헐렁해질 것을
왜 그리 뜨거웠는지
그것들은 북한강 어디에서 물안개로 피어나겠지
빚으로 지은 집을 쓸고 닦던 일
키우지도 못할 개를 함부로 들이던 일
손톱에 꽃을 피웠다가 지우던 일
마지막 페이지도 모르고 너를 열었던 일
조용히 문을 닫는다

—「부질없는 것들의 방」 전문

“평생 집 한 채 장만하지 못”(이하 「물까치」)한 아버지는 “열몇 번의 주소지를 바꾸며 살”았기 때문에 가족은 “한곳에 오래 머물지 못”하고 떠돌아야 했다. 늘 “시큰한 술 냄새”를 풍기는 아버지로 인해 가족은 “유리로 만든”(「느릅나무 일기」) 그릇처럼 깨어지기 쉬운 속성을 지녔다. 시적 주체가 빈집에서 가장 먼저 마주한 것은 “적요”다. 그 집에 살 때부터 가족이 뿔뿔이 흩어져 빈집이 된 현재까지 존재한 적요는 나와 가족, 가족과 이웃 간의 단절, 나아가 자아와 세계의 단절을 의미하는 시어다. 또한 적요는 과거의 나와 현재의 나의 단절을 이어줄 뿐만 아니라 양쪽 세계를 별개의 것으로 구분해주는 핵심 역할을 한다.

아버지가 "먼 집으로 떠나자" 적요는 "세간을 들고 무상임차"한다. 돌볼 사람 없는 집에서 오래된 문갑 위에는 먼지가 쌓이고, 녹슨 대문에 거미집이 늘어난다. 아버지의 부재는 가족 간의 단절과 분리를 불러온다. 아니 어쩌면 그 전에 가족과의 불화와 단절이 이루어지고 있었을 것이다. "울타리 호박"은 저 혼자 늙어가고, "무화과나무가 혼자 젖이 돌아도 모른 체"했기 때문이다. 하지만 무심하게, 느리게 세월이 흐르자 "어느 팔월"에 화해의 손을 내민다. 화해는 용서를 전제로 한다. 도저히 용서할 수 없을 것 같은 것도 "슬그머니/ 쉰이 도착"(이하 「쉰」)하면 "명치 밑에 묻어두었던 이야기가 붉은 고개를 들"고, 그 이야기가 스민 집에 찾아가 존재의 부재와 화해를 시도한다. 하지만 빈집의 입적에서 보듯, 화해는 쉽지 않다.

인용시 「부질없는 것들의 방」에서 시적 주체는 문을 여는 순간, 내 집을 소유하지 못해 생겨난 일들에서 과열된 온도를 감지한다. 문을 경계로 방 안과 밖에서 느껴지는 생의 온도 차는 집에 거주하는 사람들의 이성과 감성의 심층을 흔든다. 방문을 열자마자 도로 닫고 "뒤로 물러"나 숨죽이게 한다. 한번 떨어진 집의 온기는 여간해 올라가지 않는다.

바슐라르는 집안 "공간의 가치들은 너무나 단순하고 무

의식 속에 너무나 깊이 뿌리박고 있는 것이어서, 우리는 그것들을 상세한 묘사에 의해서보다는 차라리 단순한 환기에 의해서 되찾곤 한다"(앞의 책)라고 했다. 하지만 시인은 단순한 환기가 아닌 "집을 쓸고 닦던 일"과 "키우지도 못할 개를 함부로 들이"거나 "손톱에 꽃을 피웠다가 지우던 일"까지 떠올린다. 하지만 이 모든 건 부질없다. 문을 열고 들어가지 못하는 일과 "밑으로 내려앉는 것"이 "같은 어미"를 두었기 때문이라는 고백은 슬프고도 아프다.

할머니는 내게 파랑새를 건넨다
새가 너무 파래요
가시덤불이 무성한 숲에서 눈먼 새를 잡았단다
우리는 아직 태어나지 않은 아이들을 보았어요
조심하렴, 행복하면 날아가버릴 테니까
희망의 포장을 벗기면 실망이에요
늙은 미래를 걸어두고 꿈의 바깥으로 나오면
까맣게 변해버린 새가 머리맡에 떠 있는 아침
미치르는 밤마다 새장을 높이 치켜들고 할머니를 부른다

하나 둘 셋 찰카닥, 할머니
거기 파랑새가 있나요

—「찰카닥, 파란 잠에서 나오지 않았다」 부분

가을이 땅에 묻고 간 풀씨들의 안부가
시멘트 블록 틈으로 고개를 내밀고

겨울이 흘리고 간 장갑 한 짝이 얼다 녹다
나뒹구는 골목이 있어

그 골목
끝에서 두 번째 집 창가에서
월요일을 끄집어내면
지금껏 소유해보지 못한 것들의 목록이 줄줄 나오는 거야

하도 많은데 그 중에서도 말이지
어떤 이름만 들으면 눈물이 나와

뒤로 반은 이기고
앞의 반은 이겨보지 못하던 월요일의 생애 중
뭔가를 갖겠다고 생각한 것은
어쩌면 우스운 일일지도 몰라

뽀얗게 비비크림 바른 봄이 어느 집 정원에 햇살을 쏟아놓고
필 듯 말 듯 매화는 담장 밖을 기웃거리는데
간밤 얼룩도 못 지운 월요일이 짐승처럼
제 몸의 상처를 핥고 있는 오후

그래도 남은 요일 네 개를 더 지나야 하니까 풍선을 달아야지

노트북 꺼내 햇살을 충전해야지
월요일을 다 쓰기 전에

—「월요일의 골목」 전문

첫 번째 인용시 「찰카닥, 파란 잠에서 나오지 않았다」는 할머니와의 행복했던 한때를 벨기에의 극작가 모리스 마테를링크 희곡(동화극) 『파랑새』를 통해 형상화하고 있다. "그 여름 아침 장독대"에서 "양푼을 들고 된장을 푸러 온 할머니"를 찍은 마지막 사진(혹은 영정)이다. "체크무늬"는 다시는 돌아올 수 없는 곳에 갇힘(죽음)을, "헐렁"은 제대로 먹지 못해 몸이 말랐음을 뜻한다. "찰카닥"하는 순간 현재는 과거가 된다. 공간도 같이 과거에 갇힌다. "그 여름의 장독대"는 피난처이면서 웃음이 머무는 공간이다. 주목할 건 집 안이 아닌 밖이라는 것이다. 가장 안온해야 할 방이 '감싸는 역할'을 하지 못하고 '가족을 분산'시킨다. 반면 뒤란 장독대는 내 편을 들어주던 할머니로 인해 따스한, 미래를 꿈꿀 수 있는 공간이 되어주고 있다.

시적 주체는 삶이 힘들 때마다 장독대를 환기하고, 꿈속에서 할머니를 만나려 한다. 잠들 때마다 할머니가 다시 살아나 곁에 있었으면 좋겠다고 염원한다. 할머니가 건네는 파랑새는 "아직 태어나지 않은 아이들"이다. 할머니는 경고한다. "행복하면 날아"간다고. 미치르(미틸)가 꿈속에서 요정과 함께 추억의 나라와 미래의 나라 등에서 파랑새를 찾으러 갔지만 실패한 것처럼 꿈속에서 만난 할머니나 할머니가 준 파랑새는 행복을 담보하지 못한다. 결국 행복은 현재 사는 집에 있었다는 것을.

"그 골목/ 끝에서 두 번째 집"과 할머니가 된장을 푸던 집이 같은 집일 수도, 아닐 수도 있다. 그 집 창가에서 "이름만 들"어도 눈물이 나는 한 사람이 할머니일 수도, 아닐 수도 있다. 중요한 건 "지금껏 소유해보지 못한 것들의 목록"이다. 그 목록엔 집이 포함되어 있을 것이고, 집을 소유하지 못한 유년의 상처로 "짐승처럼/ 제 몸"을 핥는다. 한데 왜 하필 월요일일까. 평일의 가운데는 수요일로, "평일을 접으면 수요일에 주름"(「수요일의 브런치」)이 진다. 평일의 시작인 월요일을 기준으로 삼으면 휴일을 포함한 금토일은 이겨본 날들이고, 화수목은 "이겨보지 못"한 날들이 된다. 하지만 "남은 요일 네 개를 더 지나야"만 "풍선", 희망을 품을 수 있다고 한다.

이 시의 처음으로 돌아가보자. 가을에 땅에 떨어진 풀씨가 "고개를 내밀고", 얼었다 녹은 골목에는 "장갑 한 짝"이 나뒹굴고 있다. 즉 이 시에서 말하는 집은 현재, 월요일은 과거를 회상하는 매개 역할을 한다. 그렇다면 이긴 "뒤로 반"은 살아온 세월이고, 이겨보지 못한 "앞의 반"은 살아갈 날들이 된다. 월요일이 다 가기 전에 노트북을 꺼내 "햇살을 충전"하는 것은 미래에 대한 준비라 할 수 있다. "정원에 햇살을 쏟아놓"은 봄과 월요일은 넓은 의미에서 보면 다르지 않은 개념이다. '시인으로서 삶'은 일주일 중 월요일, 사계에서 봄을 지나는 중이다. '제4회 남구만 신인문학상'(2021년) 당선 소감에서 밝힌 "아마도 여기가 제 시의 발화점이 되겠지요. 이제부터 뜨거워"지는 순간에 해당할 것이다.

가을이 비와 섞인다
배롱꽃이 내 몸에 머물다 간다

엔딩 크레딧처럼 올렸다 지워지는 당신 이름 월세가 밀린 꽃이 비를 밟고 야근하러 간다

시작인지 끝인지 알지 못하는 날들 가을을 가불한 여름의 끝 그 경계에 비가 줄을 긋는다 오늘은 여름이지만 내일은 가을이 되겠습니다 비옷을 입은 아나운서가 말한다 인연 하나 끊어지면 어느 마디에선가 새 가지가 나겠지
9월은 비가 오듯 왔다가 아무렇지도 않게 비처럼 물러갈 것이다 비가 그치면 당신과 나의 경계도 흘러가겠지

—「배롱꽃」 부분

넘어질 때마다 무늬가 생겼어
물결이 굽이칠 때마다 결 따라 남긴
소용돌이치고 모이고 만나서 몸에 남은 무늬

그 골을 따라가면 전생을 꿈꾸듯 어딘가에 도착하곤 했어
언니가 나를 업고 가던 그 저녁 신작로
등에서 수박 향이 났지

우물에 떨어진 달을 아무리 길어올려도 두레박엔 아무 것도 없듯
손가락 사이로 빠져나간 하루는 흔적도 없었지
물일을 많이 해서 닳아버린 지문처럼

꽃잎에 남은 잎맥들은 해독 못한 채로 남았어
이불 뒤집어쓰고 울던 밤이거나
해고 통지를 받은 봄이거나
구급차를 타던 날이거나
생채기 하나 없이 오는 아침은 없어서 말이지

물결무늬로 말라버린 압화
갈비뼈 어디쯤 숨겨놓은 기억처럼
책 읽던 중간에 끼워놓았지
가슴에 눌러 찍은 지문 같아서
기억 속 누군가의 무늬 같아서
꽃의 마지막 말 같아서

—「꽃의 지문」 전문

최지안 시인의 등단작인 위의 두 편은 시적 발화점에 해당하는 시다. 심사위원은 "독자를 끌어당기는 흡입력이 아주 강한데, 그것은 서로 대조되는 세계를 적절히 배합할 줄 아는 능력이 있기 때문"이라고 평했다. 특히 시 「배롱꽃」은

"삶의 신산함에 다정한 정감을 부여하면서 선연한 서정을 획득하는 경우가 많다"고 덧붙였다. 이틀 내내 비가 내리고, 나는 자동차 안에서 차창에 떨어지는 꽃잎을 바라본다. 떨어진 꽃잎도 나를 본다. 배롱나무가 "남은 것들을 간수라느라 비에 집중"하는 사이 나는 떨어진 꽃잎에 투사된다. 꽃잎처럼 젖어 모로 누워 빗소리에 귀를 기울인다. 꽃잎에서 빗방울 소리로, 즉 시각에서 청각으로 관심이 옮겨가자 "빗물을 툭툭 털"던 당신이 가을비처럼 내 마음속으로 스민다. 청각이 추억을 소환한 것. 하지만 "배롱꽃이 내 몸에 머물다" 가고, 당신 이름이 "엔딩 크레딧처럼 올렸다가 지워"지자 시적 분위기는 급변한다.

감각적 서정의 세계는 생의 최전선에서 생존을 위한 다급함을 드러낸다. 한 편의 영화가 끝나자 다른 영화를 틀어주는 재상영관 극장처럼 도시 변두리의 낡은 풍경을 자아낸다. '월세', '야근', '가불'이 지칭하는 힘겨운 삶이 나인지, 당신인지 혹은 둘 다 지칭하는 것인지 명확하진 않지만, 이별의 원인인 것은 확실해 보인다. 시 전반부의 자세한 감상적 묘사와 달리 후반부 당신과의 관계에 대한 구체적인 진술이 등장하지 않아 더 궁금증을 유발한다. 오랜 시적 숙련을 거쳤다는 방증이다. "여름의 끝 그 경계에서" 내리는 비는 당신과의 추억을 소환하지만, 반대로 당신과의 관계를 끝내는 매개로 작용한다. 그렇게 "당신과 나의 경계"는 세월 속으로 흘러간다.

두 번째 인용시 「꽃의 지문」은 널마다 생채기가 있는 아침을 온몸으로 맞이해야 했던 처절한 생의 기록이다. 이는 "남루한 생을 야금야금 집어먹으려 아니 삼켜버렸으면"(「덫」), "통장 잔고가 줄 듯 심장의 말도 줄어습니다"(「그것을 기러기라고 부르겠습니다만」), "오늘도 삼겹살에 매여 있네요"(「왕년」), "기다리면 밀린 명세서도 밀려버릴까요"(「유성이 쏟아지면」), "새들도 나무에 방세를 주었을까"(「물까치」), "빚쟁이 같은 오후/ 포개진 봉투들이 손 벌리고 있어서"(「청구서」) 등에서 보듯, 비슷한 시기에 쓴(발표한) 시에서 공통적으로 드러난다. 즉 "해고 통지를 받던 봄"과 같은 월급생활자의 각박한 삶을 의도적으로 드러낸다. 그럼에도 시인은 과거의 회상이나 현재의 삶을 그대로 진술하는 대신 사물을 통해 우회한다.

이 시에서는 '꽃'이라는 사물을 등장시키지만, 실제 시를 이끌어나가는 것은 '물의 이미지'다. '물결'에서 '우물'로, '물일'에서 '눈물로' 이어지는 물의 이미지는 자칫 건조할 수 있는 시의 정조를 축축한 시의 내면으로 인도한다. 꽃과 물의 이미지는 '무늬'와 '잎맥', '압화'와 결합해 기억을 "가슴에 눌러 찍은 지문"처럼 선명하게 해주는 역할을 한다. "넘어질 때마다" 몸에 남은 무늬는 상처이고, 당연히 '넘어진다'와 '생겼다'는 술어 의미망은 몸의 상처보다 마음의 상처에 가닿게 한다. 굽이치는 물결은 "제 발로 돌아왔다 나갔다"(이하 「짐승」) 하는 짐승 같은 날들을 떠올리게 한다. 특히 "말이 말을 삼키고 되새김"하거나 생이 소용돌이치는 날이면 저녁 신작로에서 "나를 업고 가던" 수박 향이 나던 언니의 등이 생각나고, 이는 "이불을 뒤집어쓰고 울던 밤"이나 "구급차를 타던 날"과 함께 "해독 못한 채 남"겨둔다. 책갈피에 끼워놓은 압화처럼 어떤 기억은 끄집어내면 부서질 수 있다.

꽃을 저장한 개나리주유소
담장을 붙잡고 바람에 흔들립니다
이 꽃은 리터당 1,569원입니다

평일을 접으면 수요일에 주름이 집니다
월화는 지났고 목금이 남은 오늘
카페에 있습니다

주유소를 붙잡고 흔들거리는 카페
이 커피는 350밀리리터에 3,500원입니다
뜯어먹다 반을 먹고 남긴 빵 같은 수요일
물끄러미 봅니다

햇살을 만지작거리는 오전 11시
간밤에 두고 간 누군가의 안부가
아침이기도 점심이기도 한 이 시간에 식어가고 있습니다
올 것 같기도 하고 오지 않을 것 같기도 해서
수요일은 점점 미지근해지는데

확신할 수 없어서 아니라고 말할 수 없듯이

뒤집어봐도 별 볼 일 없는 일과에서
꽃이지만 꽃이 아닌
피어 있지만 피지 않은
남아 있지만 남아 있지 않은 수요일을 야금야금 먹습니다

나는 어쩌면 수요일인지도 모르겠습니다

—「수요일의 브런치」 전문

표제시 「수요일의 브런치」는 '주유소에 휘발유나 경유 대신 꽃을 저장한다면'이란 상상에서 시작한다. 시적 주체는 수요일 오전 11시에 "주유소를 붙잡고 있는 카페" 창가 자리에서 누군가를 기다리고 있다. 주유소 담장에는 개나리꽃이 활짝 피어 있다. 개나리주유소는 실제일 수도 있고, 상상일 수도 있는데 저장고에는 휘발유나 경유 대신 개나리꽃이 들어 있다. 주유소는 봄의 진원지, 개나리꽃을 넣고 자동차가 달리는 만큼 봄이 확장된다. "꽃은 리터당 1,569원", "커피는 350밀리리터에 3,500원". 숫자에 주목하던 시선은 '수요일'로 옮겨간다.

명확한 숫자에 반해 수요일은 모호하다. 뜯어먹다가 남긴 미지근한 빵 같고, "꽃이지만 꽃"이 아닌 것 같고, "피어 있지만 피지 않은" 것 같다. 기다리는 사람이 올 듯하고, 오지 않을 것처럼 선명하지 않다. 점심 약속을 한 사람과의 관계가 편하지 않은 듯 초조함이 배어 나온다. 수요일은 단순히 일주일 중의 하루가 아니라 현재의 삶에 대한 은유적

표현이다. 하나의 빵이 일생이라면, 내 생의 절반은 나 혹은 나와 관계있는 사람이 '뜯어 먹었고', 식어버린 남은 생은 또 나 혹은 누군가 '뜯어 먹을' 것이다. "올 것 같기도 하고 오지 않을 것 같기도" 한 사람을 기다리는 시적 주체와 접시 위에서 뜯어먹히기를 기다리는 빵은 주체적인 삶의 존재가 아니라는 점에서 닮았다. 하지만 시적 주체는 "바람에 흔들"리고, "뜯어먹"히고, "주름이" 지는 상황을 적확히 인식하고 있다. 소극적이며 수동적으로 보일 수 있지만, 자세히 살펴보면 이 모든 상황을 장악하고 있음을 쉽게 감지할 수 있다.

딩동
누군가 한마디 던져놓고 간 모양입니다
집에 아무도 없는 것처럼
나는 쥐 죽은 듯 잠잠합니다

문 앞에 배달된 택배상자처럼
오늘 온 안부는 오늘의 문턱에서 나가지 못한 채
읽지 않은 신문처럼 그대로입니다

보지 않은 문자는 파란 점으로 싱싱합니다
그 점을 건너뛰고 다른 상자를 엽니다
백화점에서 봄을 세일한다고 합니다
다른 창도 열어젖힙니다
미래를 담보로 알 수 없는 현재가 빠져나갔다고 합니다

지나쳐버린 문자는 쥐 죽은 듯 꼼짝 못합니다
당신에게 들어가지 못하고 쩔쩔매던

이 안부를 우리는 언제까지 유통할 수 있을까요
문자를 열면 상할 대로 상한 당신의 마음이 들어 있을까요

열고 보니 꽝이었던 것도 가끔 있었지요
어떤 선택들은 열지 않는 것이 더 좋았습니다

그때까지 나는 아무것도 아는 바가 없습니다

—「미개봉」 전문

최지안 시의 특징 중 하나는 시적 주체가 은일하거나 소극적 행보를 보인다는 점이다. 앞으로 나서지 않고 문 뒤에 숨거나, "창가 쪽으로 기우뚱 비켜주"(「느릅나무 일기」)거나, "스며들지 못한 마음은 숲으로 가서 울"(「박새」)거나 "오래 지친 말"(「식은 밥」)들이 입 안에서 맴돈다. 아마도 이는 "약한 것들은 한곳에 오래 머물지 못하는"(「물까치」) 속성, 즉 뿌리가 약한 가계에서 비롯된 잦은 이주와 이로 인해 깊고 오래 사람들을 사귀지 못한 유년, 그리고 탈가족화에 따른 유인誘因으로 보인다.

이 시의 시적 주체인 나도 택배가 와도 "읽지 않은 신문처럼" 문밖에 그대로 둔다. 택배뿐 아니라 당신에게 온 문자를 읽지 못한다. "상할 대로 상한 당신의 마음이 들어" 있을

지 모른다는 두려움 때문이다. 문자를 읽지 않는 선택을 함으로써 관계를 이어가려는 간절함과 안타까움이 묻어난다. 문 밖의 택배상자도 당신과 관련이 있을지도 모르므로 섣불리 문을 열지 못한다. 사실 열고 보면 아무것도 아닐 수도 있지만, 나는 선택하지 않아 "아무것도 아는 바 없"는 상태를 선택한다. 인생은 선택의 연속이다. "이 게임은 일생 동안 지속"(「퍼즐 맞추기」)된다.

이 게임은 일생 동안 지속되죠

왜 퍼즐을 못 맞춰요? 건축가가 물어요 네모는 네모끼리 맞추면 되는데 잘 쌓은 아파트처럼 바람에 흔들려도 무너지지 않는 소문처럼 네모난 집안에선 네모반듯하게 자라고 네모난 학력에 맞춰 대물림하면 되는데요 앞뒤 딱딱 들어맞는 퍼즐들은 하룻밤 눈 감았다 뜨면 빌딩처럼 우뚝 들어서는데 그럼 세모나 동그라미 가계는 어떻게 하지요

(중략)

되는 대로 집어넣은 생각들은 틀에 맞춰 재단되죠 난 기울어진 다각형 반듯하지 않은 태생이라 퍼즐에 끼워지지 못해요 잘라야 할까요 덧대야 할까요 대충 쌓아놓은 반찬 그릇처럼 엉성하게 채우거나 빈칸으로 서술된 페이지는 경력이 되지 못한대요 냉장고 문을 닫으면 그릇 엎

> 어지는 소리 와장창 퍼즐은 틈을 주지 않아요 우리는 빈 네모들을 채우기 위해 게임해요 그런데 맞추지 못한 나머지는 어디에 잘라 두어야 할까요
>
> 오늘도 우리는 퍼즐을 맞춰요
>
> —「퍼즐 맞추기」 부분

애초에 선택할 수 없는 것들도 있다. '죽음의 덫'(「덫」)이나 태초부터 "고리로 연결된"(「아름다운 고리들」) 가난이 그것이다. 세상도, 인생도 거대한 퍼즐 한 판이다. 평생 퍼즐을 맞추며 살아가야 하는 게 인생이지만, 퍼즐에도 난이도가 있다. "네모난 집안에선 네모반듯"한 성품과 학력, 재산을 원하지만, "앞뒤 딱딱 들어맞는 퍼즐"의 세상에선 "세모나 동그라미 가게"는 네모난 가게를 지탱하는 부속물에 지나지 않는다. 태어날 때부터 네모인 사람들은 "같은 모양대로 맞추기가 뭐가 어렵"냐며 공감하지 못한다. "기울어진 다각형 반듯하지 않은 태생"인 나는 자르고 덧대 네모의 세상에 맞춰 살아보려 하지만, 진정한 네모가 되지는 못한다. "거대하고 정교한 퍼즐"의 세계에서 빈틈을 끼워맞추는 존재일 뿐이다. "오늘도 우리는 퍼즐을 맞춰요"라는 마지막 문장이 의미하는 것은 태생의 한계에서 비롯된 차별과 불합리가 고쳐지지 않고 오늘을 지나 내일까지 이어진다는 것이다. 하여 희망이 없는, "미래가 없는 구간에 서서 오지 않을 시간을 서성"일 뿐이다.

세상은 모순투성이이고, 이해할 수 없는 모호한 일도 많다. “아직 써버리지 못한 인연은 이쯤에서 그만 지우”(「문 하나가 닫히는 것은」)고, “기댔던 마음이 무너지면 왔던 길을 풀어 다시 떠나야”(「서쪽으로 걸었다」) 한다. 시인에게 “남해는 숨기에 적당”(「서쪽으로 걸었다」)한 곳이다. 더 이상 물러설 데가 없는, “거기가 끝”(「은점」)이다.

“당신의 끝과 나의 처음은 하나의 축”(「대척점」)이듯, 극과 극은 서로 통한다. ‘끝’에 다다라서야 다 ‘처음’을 맞이할 수 있다. “시들지 말고 최대한 버”(「봄」)티다 보면, 깊고 고요한 연두 안에 “스미는 것들은 다 잔잔해진다”(「깊고 고요한 연두」). “보낼 수 없는 것들을 보내고”(「너에게」), “살면서 손에 꼽을 만큼 아팠던 말”(「짐승」)들을 보내고, 파편화된 과거의 기억을 다 털어버린 ‘남해의 봄’ 같은 시가 새로 태어나지 않을까.

현대시세계 시인선 155

수요일의 브런치

지은이_ 최지안
펴낸이_ 조현석
기　획_ 김정수, 우대식
펴낸곳_ 북인
디자인_ 푸른영토

1판 1쇄_ 2023년 10월 31일
출판등록번호_ 313 - 2004 - 000111
주소_ 121 - 842 서울 마포구 서교동 460 - 34, 501호
전화_ 02 - 323 - 7767
팩스_ 02 - 323 - 7845

ISBN 979-11-6512-155-6　　03810

이 책은 문화체육관광부, 한국장애인문화예술원의 후원을 받아 2023년 장애예술 활성화 지원사업의 일환으로 발간되었습니다.

책값은 뒤표지에 있습니다.
저자와 협의 아래 인지를 생략합니다.